황둔 가는 길

ㅅㅅ
사
십
편
시
선
031 허 완 시집

황둔 가는 길

2020년 2월 3일 제1판 제1쇄 발행

지은이 허 완
펴낸이 강봉구

펴낸곳 작은숲출판사
등록번호 제406-2013-000081호
주소 10880 경기도 파주시 신촌로 21-30(신촌동)
전화 070-4067-8560
팩스 0505-499-8560
홈페이지 http://cafe.daum.net/littlef2010
이메일 littlef2010@daum.net

ISBN 979-11-6035-082-1 03810
값은 뒤표지에 있습니다.

황둔 가는 길

허완 시집

| 시인의 말 |

일찍부터 시를 좋아 살아왔지만
시만큼 치열하게 살지 못하였다.
시집 내는 일이 그래서 아직 내겐 쑥스럽다.
게으르게 살면서 간간이 써 온 시들을
이제 처음 시집으로 묶어 본다.
이제는 좀 더 내 가까이 있는 소중한 것들과
나보다 더 아프거나 슬픈 이들에게
더욱 눈길을 주어야겠다.
그러면서 나의 영혼과 내면에도
사유와 성찰의 추를 깊이 내려 보리라.

도움 주신 분들께 큰절 올린다.

2019년 세밑에
허 완 삼가

| 차례 |

제2부

제3부

제4부

제1부

참회

여남은 살 때였지요
하늘에는 구름 한 점 없었지요
온 들판 목이 타던
그 해 초여름 땡볕……
개울에는 물도 흐르지 않았지요
굽은 개울둑 안 쪽 허술한 돌축대 밑은
물살에 패여 깊어졌지요
깊어졌어도 물은 무릎까지뿐
조금 큰 양푼으로 물을 펐지요
조금씩 개울바닥 드러났지요
축대 돌 틈에서 흙탕물 흘러나오고
메기 가족 네댓 마리도 흘러나와
모두 항복할 수밖에 없었지요
메기들 나신(裸身) 위에 사정없이 내리쬐던
그 해 초여름 땡볕……
야윈 어미메기와 손가락만한 아기메기들

한 놈도 놓치지 않았지요
여남은 살 때였지요
하늘에는 구름 한 점 없었지요

동반(同伴)

실바람에 흔들리는
푸르른 잎새 없이
나무의 자태
저리 아름다울 수 있으랴

가냘픈 제 한 몸 맡길
나무의 잔가지 없이
잎새의 살결
저리 눈부실 수 있으랴

가지와 잎새 한 몸을 이뤄
햇발 쏟아지는 한낮
쓰르라미 울음소리 업고 있구나
새들의 칭얼거림 품고 있구나

실바람 일으키는 잎새 없이

잎새 매달린 잔가지 없이
한 폭의 풍경
저리 넉넉할 수 있으랴

송전탑

벗이여,
나 그대에게 사랑을 전하리
죽음보다 더 지독하게
또 다른 벗이
지릇 지릇 지르르르……
나를 감전시킨 것처럼

사랑이 식은 사람들
우리 사랑을 손가락질하며
멀찌감치 물러서지만
우리들 사랑의 힘은 마침내
이 세상 음습한 골을 비추고
맥박 멈춘 기계들을 숨쉬게 하네

지상에 우뚝 선 사람들
새로 태어나듯

누구나 한 번쯤 사랑에 감전되지만
알고 보면 사랑은
무덤에 한 걸음 다가서는 것

그래도 벗이여,
나 그대에게 사랑을 전하리
저릿 저릿 저리리리……
죽음을 무릅쓰고
또 다른 벗으로부터 내가 감전된 것처럼

황둔 가는 길

털어낼 것 많은 세상
잠시 등지고 오르는 길이다
노래가 울음이 되고
울음은 다시 노래가 되는 산마룻길이다

풀어야 할 매듭 몇 가닥
가슴에 떠안고 오르는 길이다
오를수록 내 눈물도 조금 보태어져
소리로 깊어지는 계곡길이다

버려야 할 마음의 짐
끝내 비탈에 다 부리지 못해
소쩍새 울음소리
푸른 별빛으로 돋아나는 밤하늘

길섶에 피어나 수줍게 흔들리고 있는

시 몇 줄 꺾으려 오르는 길이다
처음 듣는 새 울음소리에 헛발 딛다가
꺾어 든 시마저 돌려주고 넘는 고갯길이다

가을 강

저 혼자 서러워서
흐르는 내면 깊숙이
또 다른 여울을 만들고 있는
가을 강가에 서다

포물선의 능선을 타고 미끄러져
강물 속으로 곤두박질하는 돌팔매처럼
가라앉고 갈앉아서
깊은 속울음으로 하염없이
흐르는 강물을 바라보다

지상에 흘러가는 것이여
저 깊어가는 강물처럼
다시 돌아오지 말아라
이 세상에 영원이란 없느니

사랑이여, 내 청춘이여

이룬 것 하나 없는

나를 가라앉히는

폭력의 가을 강

너 지금 어디로 흐르고 있느냐

화목(火木)에 대하여

세상에 쓸모없는 물건 어디 하나 있으랴
족보 없는 잡목으로 태어나
목재도 못되고 관상수도 안돼
누구에게 눈길 한번 받아보지 못했지만
문실문실 자라나며 비바람에 시달리다가
어느 무심한 손길에 효수당한 머리처럼
흉한 그루터기 하나만을 남기고
어쩌다 실하게 굵어진 놈은
살기 번뜩이는 도끼날에 뽀개졌구나
산꼭대기 봉홧불로 타오르지는 못해도
가마솥 걸터앉은 아궁이 속이나
몇십 년 묵은 깡통난로 속에서
제 몸의 살과 뼈를 아낌없이 태워
누구보다도 후끈한 열기를 내뿜으며
생애의 마지막 불꽃 피워 올릴 때
세상의 날것이란 날것 맛깔나게 무르익고

세상이 추워서 언 몸이란 몸 얼얼하게 녹고나면
뼛가루같이 남은 재 한줌 다시 뿌려져
육덕 없는 이 땅을 기름지게 할지니
세상에 쓸모없는 물건 어디 하나 있으랴

보름 이후

초가을 늦은 저녁
베란다에 나가 창문을 열다가
문득 하늘에 뜬 달을 본다

지난 무더위에 진이 빠져나간 곳부터
허물어지기 시작하는 내 몸처럼
한 쪽 구석이 조금 허물어진 달

열망하는 만큼 세상은 달라지지 않는데
쓸쓸한 달빛 사이로
구름은 왜 저리도 빨리 흐르는지

조금 이지러진 달도 얼핏 보면
아름다운 보름달 같아 보이는가

목적지 없는 여행으로 떠돌다가

이제는 제 나이도 잊은 채
빈손으로 돌아가야 하는 길

야윈 어깨를 늘어뜨리고 기항지도 없이
잿빛 구름 사이를 표류하는
아, 보름 이후!

쌀자루를 옮기며

쌀집에서 배달시켜 온 쌀자루
어쩌다 사흘씩이나 현관 구석에 서있었다
내 게으름 탓하는 아내 성화에 못 이겨
쌀통에 쌀을 붓다가
애지중지 농투사니의 자식으로 키워져
어쩌다 우리 집에 시집 온
쌀의 생애가 생각나는 것이었다

이른봄 볍씨가리기부터 논갈이며 고래실에 보온못자리하기, 두벌갈이, 물가두기, 써레질하기, 모찌기, 모나르기, 모내기, 물고보기, 비료주기, 애벌매기, 두벌매기, 틈틈이 농약치기, 피사리하기, 논두렁풀베기, - 어휴 숨차라, 물빼기, 벼베기, 타작하기, 나락말리기, 추곡수매하기……

쌀의 고귀한 생애도 생애지만
맏딸 시집보낸 날 저녁보다 더 했을

농투사니의 쓸쓸함이 생각나는 것이었다
쌀통으로 다소곳이 쏟아져 들어가는
쌀눈들의 눈빛 또한 쓸쓸한 것이었다

자월도 한리포

— 김영언에게

우리에게 대체 풍경이란 무엇이더냐
어머니 자궁 속 같은 아늑함 아니더냐
밤하늘 별 만큼 수심 많은 바다에
그믐달 모양으로 고즈넉이 엎드려
여름 한낮을 졸고있는 섬
이곳에서 대체 풍경이란 무엇이더냐
개펄에서 종일토록 안으로 삼키던 울음이
마침내 핏빛 노을로 번질 때까지
출어를 포기한 고깃배 옆에서
갈퀴 같은 손으로 바지락 캐는
늙은 아낙들의 해안선처럼 굽은 등어리 아니더냐
저물어도 이제는 불빛 새어나오지 않는
빈집 앞을 지나치는 쓸쓸함 아니더냐
쓸쓸함 감추려 마당 가득 잡초 아무리 웃자라도
포구 아낙들에게 아련한 풍경이란
허리 통증으로 휘감겨 따라오는 파도소리 대신

옛 주막 거나해진 뱃사람들 노래 속으로
손주놈 들쳐업고 나가는 밤 마실길 아니더냐
그 고샅길로 인기척 섞인 불빛 질펀히 흘러나와
별빛 차운 밤하늘까지 녹이고 마는
마실방 아랫목 같은 따수움 아니더냐

가려움

바람 찬 날 저녁이면
내 몸 더욱 가렵다
쉬 손닿는 곳
옆구리며 어깻죽지
심지어 부끄러운 사타구니까지
으으, 벅벅 긁어대지만
환장하게 가려운 등짝 깊은 데
손 끝 안간힘으로도 닿을 수 없는
거기 좀 긁어다오, 누가
가려운 이 세상을
으으, 벅벅 긁어다오

만추(晩秋)

고즈넉한 들녘
텅 비었다고 가난한 것이랴
무서리 내린 아침
곱게 물든 나뭇잎은
가늘어진 햇살에 제 몸을 녹이는구나
나이 먹는 것은 낡아가는 것이 아니라
곱게 물든다는 것
가을이 깊다는 것은 하나 둘씩
붙잡았던 것들을 내려놓을 때라는 것
뙤약볕 온몸으로 받으며 빚어낸
열매들 모두 떨구어내고
한 생의 빛깔 절정일 무렵
나무는 그 아름다움마저 내려놓는구나
헐벗어 속살 보이는 골짜기
야위었다고 그것이 가난한 것이랴

폐타이어의 노래

내 한평생
수만 킬로를 달리기는 하였지만
노상 앞으로만 달리지는 않았다네

달궈진 아스팔트처럼 열불 나는
지상에서 기우뚱대다가
빗길 눈길도 내 온몸으로 미끄러져
참으로 속 시원히 달려보기도 하였지만
그것도 잠깐뿐
이내 흙탕물 튀기는 진창에 빠졌다네

내 한평생 두려움 없이
별나고 별난 길 다 가보았지만
노상 성한 몸만은 아니었다네
지친 몸 한 구석에 못 박힌
작은 구멍 하나 끝끝내 감당 못해

고꾸라질 때도 있었다네

이 한 몸 이제는 늙어버려
꿈 같은 것 희망 같은 것 잃어버린 지 오래지만
한창 좋았던 시절을 되새김질하지 가끔
꼭 나 닮은 제 성미 죽이지 못해
급하게 내리닫는 굽은 길에서
영락없이 헛발 딛는 놈들 받아주기도 하면서

피 끓던 젊은 시절
때 없이 북받쳐 오르면
호젓한 길섶에 핀 꽃무더기 뭉개놓으며
뒷발질하던 코뿔소 내닫듯 내달아 보기도 하였지만
세상 천지에 많고 많은 길들이 모두
신작로처럼 반듯하지는 않았다네

내 한평생 수도 없이
돌부리며 모서리를 걷어차기도 하였지만
이제는 아프게 걷어차이는 것도
조금 필요하다는 것을 알았다네

제2부

사월(四月)

언덕 위에 숨어있던 무덤 하나만 졸음에 겨워 엎드려 있었습니다. 온몸으로 날아오는 봄 햇살은 열다섯 살의 숨통을 조여오고, 농아처럼 몇 마디 더듬던 한낮……

버들가지 뽀얗게 물 오른 길로 안타까이 멀어지던 그 뒷모습, 수묵담채 한 폭으로 남았습니다. 올 봄에도 물기 아직 마르지 않아 우두커니 눈을 감고 보았습니다.

새잎 예수

엊그제 종일토록
봄비 내리더니
산과 들 무수한 나뭇가지
단풍잎이 보혈처럼
떨어진 자리마다
연둣빛으로 부활하신
당신을 보고
막달라 마리아 크게 뜬 눈처럼
놀란 햇살 더욱 반짝이는 동안
온 세상은 거룩한
성지(聖地)가 되네

황사 부는 날

올해는 일찍도 찾아오십니다그려
부끄럼도 모르는 미친 여인처럼
우윳빛 속살 먼저 드러낸
목련꽃보다 먼저 그대는 와서
슬픔뿐인 이 땅을 점령하십니다그려

오는 듯, 오지 않는 듯
서풍을 타고 목마른 산과 들에
불청객으로 오신 이여
그대는 시야 흐린 거리에서 사람들
하릴없이 쿨럭이게 하십니다그려

오랜 신열 끝 곪아터지는 상처 위에
가루약처럼 그대는 내려앉고
쓰라림에 겨워서 떨구는 눈물인 양
봄비 몇 방울 뿌리고 나면

붉은색 딱지앉은 자리마다
푸른 새살은 돋아나고 있겠지요

예전에는 오지 않는 듯 오시더니
이제는 당당한 도적처럼
이 땅 곤히 잠든 사이 밝아오는
여명보다 그대는 먼저 와서
흉터뿐인 이 나라를 평정하십니다그려

초록꽃망울 터질 때

어디선지 날아온 꽃향기가 코끝을 간지럽힙니다
이제 막 망울을 터뜨린 꽃잎들의 재잘거림
숲은 창 너머에서 수런거립니다
나뭇가지마다 연초록 꽃잎
그것은 새잎이 아니라 초록꽃잎입니다
곱디고운 연초록 여린 꽃잎
지상에 초록빛깔 꽃잎이 있다는 것을
나이 쉰에야 알았습니다
저마다 먼저 나오겠다고
봄 햇살 날아오는 하늘을 향해
초록꽃잎을 틔우는 모습은
힘겹게 부화하는 어린 새처럼 애처로운 기쁨입니다
알껍질을 쪼아주는 어미새의 부리처럼
어제는 봄비가 내렸지요
뽀얀 솜털을 가진 초록꽃잎은
이내 맑은 하늘의 품에 안기겠지요

숲이 보이는 유리창 너머는 온통
새순들이 일제히 터뜨리는 연초록 웃음소리
햇살에 제 몸 반짝이는 것도 모르고
깔깔거리며 몸을 흔들어대면
숲은 일제히 바람에 일렁이겠지요
끝끝내 푸른 숲 이루기 위하여
잎새들의 푸른 꿈은 뜨거운 빵 부풀어 오르듯
아지랑이 너머로 지금 한껏 부풀어 오르고 있습니다

담쟁이

이슬 내리는 밤에도
높은 담벼락 밑에서부터
겁 없이 기어오르는 것이다

안개 낀 날이나 비 오는 날이면
더욱 힘이 들어간 내 손끝
자꾸만 위쪽을 향하는 것이다

햇살 눈부신 아침에도 나른한 오후에도
내 팔뚝의 이두박근
언제나 불끈 솟아있는 것이다

멈추어 서서 투덜대거나
낮은 포복으로 에돌아가기 싫었던
나

밧줄도 없이 기어올라
세상의 견고한 담벼락 꼭대기
기어코 타넘고야 말 것이다

보름 밤

밝은 빛과 따순 볕으로 제 몸을 불사른
둥근 사랑 하나 사그라져 몸져누울 때
애틋한 마음 감출 수 없어
구름 뒤에 숨어있던 너는
눈을 크게 뜨고 나타나
그윽한 눈길로 누구를 내려다보는 것 아니냐

피붙이 살붙이들 곤히 잠든 밤
늙은 아비 굽은 등 같은 고개를 넘어
어두운 귀갓길 재촉하는 발걸음
넘어질까 돌부리도 비춰주다가
곤한 잠을 깨울까 저어하여
풀벌레 소리들도 움칫 멎을 만큼
순박한 황소 눈으로 빛나는 네가 아니냐

깊은 밤 한결같이 환한 얼굴로

아득히 멀리서도 가까운 듯
구름 뒤에 숨었다가도
이제 막 곤하게 잠이 든
누군가의 베갯머리에 내려앉아
그 이마를 가만히 어루만지기도 하여라

땅거미 내려앉는 쓸쓸한 저녁
서해 바다에 담금질하는 핏빛 사랑
그 모양 그대로 밝기만 바꿔
아직은 미명인 이른 새벽
조반 없이 집 나서는 발길들 위해
네 속 깊은 사랑 한 조각
서쪽 하늘 한복판에 아직 남겨놓은 것 아니냐

미루나무

개울가 심심하던 미루나무
제 겨드랑이로 지나던
바람결이 간지러워
엊그제는 까르르르
푸른 잎새들 뒤집어지더니

밤새도록 장맛비 내려
둑을 넘어온 흙탕물에
제 종아리를 담근 채
급한 물살에 발바닥이 간지러워
오늘은 까르르르
하얀 이빨 햇살에 반짝이네

눈물

맑은 물로
육신의 때 벗겨내고도
어지러운 내 마음 속
남은 티끌들
털어내며 헹구어낼 것
너무 많아서
오대양을 예비해 두신
당신은
그 바닷물
몇 방울씩 찍어내시어
내 영혼 맑게 씻긴
그 자리에
호수 하나를 덤으로
만들어 주시다

나팔꽃

어느 누가 이 나라 땅 방방곡곡에
끝 모를 욕망의 덩굴손
뻗치고 있는가
봄바람 속에서
내 푸르른 피 뜨거워질 때
몸뚱이는 세상일처럼 꼬여만 가는구나

거센 비바람에
티끌 묻은 몸을 씻고
한여름 타는 갈증의 사막을 넘어
한 모금 이슬을 머금는 새벽이 오면
나 그때
잠든 세상 깨우는 기상나팔이 되리

태풍 1

그분이 온다는 소식에
푸르르, 푸른 몸을 떨며 흔들며
전율하는 나무들

그분이 오고 있다
스스로 내쉬는 긴 한숨에
머리칼과 옷자락 길게 휘날리면서

쌓이고 쌓인 울분
먼발치에서 미리 토해내며
그분이 걸어오신다

그분의 격정,
땅 위의 모든 것들 다소곳이
눈물 뿌리며 엎드려 있다

숨 쉬는 모든 것들 숨을 죽일 때
그분은 떠나가신다
표표히 지상의 겸허를 내려다보며

할퀸 자리마다 새살이 돋고
남겨진 발자욱들 지워질 무렵
그분은 다시 돌아올 것이다

태풍 2

뒤집어놓아야 할 것이 어디 방심의 공터에 함부로 주차된 승용차들뿐이랴. 넘어뜨려야 할 것이 어디 부러진 가로수 뒤 접근금지 팻말이 붙은 채 잉잉 울고 있는 가시철책뿐이랴. 숨 가쁘게 밀려와 상어 아가리 모양으로 덮쳐오는 해일은 자꾸만 내 등을 떠미는데 아, 이제는 나도 내 속도를 감당치 못하겠구나. 날려버려야 할 것이 어디 상가 건물에 무수히 붙은 저 간판들 뒤에 숨겨진 부당한 임대차계약서뿐이랴. 분에 겨워 먼 바다 한복판에서 며칠을 울부짖고도 주체할 수 없는 눈물 흩뿌리며 산발한 채 뭍으로 돌진해 거만하게 아래를 내려다보는 놈들 닥치는 대로 들이받아도 부릅뜬 내 분노의 외눈 쉽게 감기지 않는구나. 깨부술 듯 마구 흔들어야 할 것이 어디 특권의 초고층 발코니 창뿐이랴. 치워버려야 할 것이 어디 공사장 밑에 몰래 매립하려는 저 탐욕의 쓰레기더미뿐이랴. 이제는 지쳐 숨소리도 잦아드는구나. 비껴가기를 바라는 것이 어디 휘몰이 장단으로 불어 닥치는 나 같은 바람뿐이랴.

저 나무

살 터지는 겨울 추위를
얼마나 견뎌내야
새살 돋아 온 몸
이파리 연둣빛 반짝이며
눈부신 꽃을 피우는가 저 나무는
날카로운 비바람의 손톱에
얼마나 할퀴고 할퀴어야
깊은 설움
땅 속 깊이 뿌리박으며
주름살처럼 나이테 하나 더 늘리는가
불긋불긋 그을린 채 서 있는 저 나무
한 마디 말, 한 발짝 움직임도 없이
나를 가르치는구나
온 몸으로 내려꽂히는
무수한 폭양(暴陽)의 화살 견디며
혼신의 힘으로 빚어낸 결정(結晶) 몇 개

마침내 이 세상 속으로 떨구고 마는
저 나무는

제3부

송전(送電)

그대에게 내 애틋함을 보내리
위성사진에 찍힌 이 땅 군사분계선 너머
불야성 건너편의 칠흑을 보는
내 불편한 마음 섞어 보내리

밤새 꺼지지 않는 가로등 불빛이 있고
폭염에도 냉장고 같은 지하철이 다니고
손과 주머니에 전기를 갖고 다니는
칠흑 건너 이쪽에서 태어나 자란
내 안쓰러움도 더러 보내리

막힌 도로, 끊어진 철길을 잇듯
분계선 너머 헐벗은 산마루마다
서로 눈 부라리던 감시초소마다
날마다 기도의 언어를 쌓아올리듯
가슴 속 응어리로 철탑을 세워

철책 넘은 넝쿨처럼 전선을 잇고
누구도 감당 못할 내 그리움을 보내리

안간힘으로 가시철책 넘어서
나팔소리 울릴 듯 봉오리 연 들꽃들처럼
울컥울컥 솟아 흐르는 마그마처럼
그대에게 내 뜨거운 혈류를 보내리

그리움이면

북녘이 고향인 늙은 청년* 하나 있었지
어렵사리 고향에 다녀와
통일은 다 됐다, 했지만
육신을 벗어놓고 고향에 돌아갔지
넋이 되어서야 그 청년 돌아갔지

그리움 하나면 될 듯했는데
안간힘 날갯짓으로 이은 오작교를
비정한 원한은 허물고 또 끊었지
벌써 유물이 되었어야 할 장벽을
더 높게 쌓았지, 더 두텁게 쌓았지

시대의 파도에 휩쓸리다가
내면 깊숙한 곳, 탐욕의 전당포에
우리 삶을 통째로 저당 잡힌 채
일제 강점, 그 갑절의 세월을

상처투성이 몸으로 모두가 절뚝였지

외로움 밀물로 차오르는 저녁
턱 밑에 찰랑대는 그리움이면,
오롯한 그리움이면 되었을 텐데
자존심 같은 것 내려놓고
기득권 따위는 집어치우고
통일은 다 됐다, 벌써 우리 그랬겠지

* 고(故) 문익환 목사

고석정*에서

강심에 우뚝 솟은 바위 꼭대기
심복 장정은 깡마른 조선소나무 몇 그루로 세워놓고
귀신처럼 출몰하던 의적 하나 어디로 갔나
이대로는 도저히 참을 수 없어
새 세상 꿈꾸던 바위굴 아래는
그토록 바라던 새 세상 대신
이제 농토를 버려야 하는 시대
식솔도 버린 초적의 무리 한숨이며
한탄 섞인 그렁그렁한 눈물방울만 모여
물살은 저리도 정정하게 흘러가는데
바람에 실려 온 명성산(鳴聲山) 울음소리는
어느 새 차가운 강물에 살을 섞는데

* 고석정(孤石亭): 강원도 철원군 한탄강 강심에 우뚝 솟은 외바위봉 앞에 있는 정자. 외바위봉 꼭대기의 작은 석굴은 임꺽정의 은신처였다고 전함.

철길 1

단단히 어깨 겯고
한 줄 또 한 줄
그 위로 육중한 쇠바퀴
굴러가고, 굴러가고
뒤 이어 기적도 없이 달려 올
열차를 위해
은빛 자국 늘 빛나고 있는
강철 어깨들이여

철길 2

– 시골 간이역

간이역에 내리는
시골 아낙네
김칫거리 열뭇단 한 짐 이어다
읍내 장에 내다 팔고
돌아오는 길

고단하게 은빛 레일 받치고 누운
시커먼 침목처럼
표정도 없이
저물어 재촉하는
늦은 귀갓길

철길 3

몇 해만인가, 한가위 귀향 열차 타고 와 양손에 선물 보따리 들고 내린 처자 하나 미끈한 다리며 허연 허벅지까지 다 드러내놓고 그날 밤 부모 몰래 내달던 길 걸어가는구나.

나라 잃은 누이들 자궁마저 빼앗기던 시절 울며 떠난 큰애기 아직 돌아오지 않는 길섶 연분홍 자줏빛 속에 더러 정갈한 홑적삼빛 코스모스 길다란 목을 빼고 먼 데 보며 흔들리는데……

철길 4

— 월정리역*에서

싹둑 끊어져 버린 경원선 철길
철마는 이제 달리고 싶지 않아
바퀴도 없이 퍼질러 앉아 녹스는구나
남녘 울음산 바라보고 있을
궁예궁터 가로막은 자는 누구인가
겹겹으로 탱크 방벽 쌓아올리며
우리네 깊디깊은 마음속에
두터운 벽 또 하나 켜켜이 쌓을 때
적막한 화강암층 깊숙이 길다란 굴이 뚫려
이 땅 오랜 허리 통증 다시 도지는구나
분계선 너머 평강고원은 손에 잡힐 듯한데
들쥐들조차 지뢰밭 사이를 숨죽여 기는 동안
높아질 대로 높아진 가시철책 반백 년을
휘감아 뚫고 막무가내로 넘나드는
저 칡덩굴손, 손들

* 월정리역(月井里驛): 경원선 철도가 휴전선 바로 앞에서 끊긴 곳인 강원도 철원군에 있는 역. 이곳의 옛 이름은 '달우물'이었다고 함.

철길 6

— 새말 건널목

침목 건너다니며 내 뼈 굵어진
금촌 새말* 건널목 지나다가
매일같이 그 건널목 건너다니던
육학년 때 고 계집애 생각이 났다

영태리 미군부대 옆에 살던 아이
건널목 건너 무사히 학교에 오면
아침부터 괜히 신바람 났다

조숙해서 누나 같던
고 계집애
건널목 건너 집에 가는 오후가 되면
나의 눈빛 가끔 불안하였다

철길 건너 미군부대 그대로이고
아침마다 내 가슴 뛰게 하였던

고 계집애 아직도 새말 건널목
불안하게 건너다니고 있었다

* 새말: 경기도 파주시 금촌역 서쪽에 있는 마을 이름.

철길 7

– 수학여행

서울역을 떠난 열차는 벌써 다시 이어진 문산 북쪽 철길을 지나 임진강 철교를 지나고 있었다. 들뜬 아이들이 재잘거릴수록 나는 앉은 자세를 더욱 낮추고 눈길은 아예 차창 밖으로 꽂았다. 장단역을 지날 때, 피눈물 뿌리며 버리고 온 고향을 반백 년 만에 육신 벗어놓고서야 찾아가신 외할아버지가 떠올랐다. 정몽주의 핏자욱 선죽교에 아직 남아있을까, 아이들이 건넨 김밥을 먹다 문득 내려보고 싶던 개성역. 일찍 돌아간 영감 집 짓는 연장뿐이던 신접살림이 그래도 좋았다시던 울 할머니 오두막은 토성역 근처였을까. 열차는 북쪽으로 꺾어지며 금천 남천 지나 단숨에 멸악을 넘어 재령들로 미끄러지고 있었다. 사리원을 지날 무렵 목이 쉰 아이들은 곯아떨어지고. 얘들아, 이 사과꽃 향기 좀 맡아 봐. 저기 저 황주 사과나무들! 나 혼자 들떠 있을 때 차창으론 어느 새 대동강 푸른 물결 넘실거리고, 능라도 건너 성벽이 보이는 강변 멀리선 부벽루(浮碧樓)인지 누각 하나 가물거리고……

앉으면 죽산이요 일어서면 백산이니

– 갑오농민전쟁 전적지 답사 1

시퍼런 대나무 깎아
이 언덕에 모여서
앉으면 죽산이요
일어서면 백산이니
갑오개혁 말은 좋아
말을 버린 백성들
어금니 악다물고
마른 침 꿀꺽 삼키며
아직은 마르지 않아 시퍼런
가슴 속 대나무 하나씩
서릿발 같은 분노로 깎아 세워
이 언덕 주인으로 앉았더니
하늘을 찌르는 대창날 끝
바람도 비껴가고
가 보자 가 보자
늦기 전에 가 보자

가 보자 가 보자
주인 되러 가 보자
하늘을 찌르는 것이
대창만은 아니었구나
백 년 세월은 흘러
멀리 지평선 바라보는
그 자손들
오늘은 황사(黃砂)도 아닌데
시야 몹시 흐리구나

고부 관아 터에서

– 갑오농민전쟁 전적지 답사 2

아, 장대비 오래 쏟아져 내린 후
시뻘겋게 성난 물결
세상을 덮쳐 올 때
미리 내통하던 아전들
곳간으로 물길 트니
바짝 마른 고부 들판
널브러져 눕던 물고기떼
지느러미 다시 일으켜 세우는
물결 소리
콸콸콸콸……
사무치는 함성소리

만석보에서

– 갑오농민전쟁 전적지 답사 3

장맛비가 오려는지
심상찮은 바람결에
푸른 모만 나부끼고
농민들은 안 보이네
주산 마을 불씨 살려
고부 관아 습격하고
이 샛강의 만석보 둑
터뜨린 지 몇 년인가
축사 같은 빈집 마당
잡초 키만 웃자라고
고샅 에움 마을길도
아직 더러 남았구나
봇둑 쌓은 샛강처럼
이 내 가슴 답답하고
변한 것은 오직 하나
물세 대신 농특세라

지금 이 땅 농민 신세
그렇다고 나아졌나
장맛비가 오려는지
심상찮은 바람결에
농민들은 안 보이고
푸른 모만 나부끼네

주산마을의 사발통문

– 갑오농민전쟁 전적지 답사 4

어지러운 세상 바로잡으려
눈보라 속에서도
절로 터지는 씨앗들 그러모아
의로운 텃밭 하나 도모하던 곳
의(義)는 이제 땅에 떨어져
일백 년 멸절(滅絶)의 땅 모퉁이에
초라한 빗돌 하나 숨어있다
좀처럼 바로잡히지 않는
에움길 같은 세상을 뚫고
초야에 묻힌 스승 하나를 좇듯
헤매어 숨 가쁘게 다다른 곳
생각보다 사뭇 적막하여라
노여운 것은 세월만이 아니구나
언덕배기 길섶 풍화된 돌에 새겨진
빛바랜 사발통문(沙鉢通文) 목숨 건 이름자에
내 어찌 범접이나 하랴마는

그래도 뭉개진 비문(碑文)을 어루더듬어

말없이 궁색한 손때만 묻히다

제3부

송사리떼

어둠의 수면 점점 높아지는 저녁 학교 운동장 모퉁이에서
농구 하는 아이들 분주하다
모여들다가 흩어지다가
튀는 공 따라 이리저리 몰려다닌다
어릴 적 봇도랑이며 물꼬에 몰려다니던
송사리 떼……
저희끼리 주고받는 투명한 눈빛과 신호로
재재바르게 어둠 속을 헤엄쳐 다닌다
도랑물 찰찰찰 흘러내리는 소리 속으로
더러 은빛 한 점 두 점
통통 튀어 오르기도 할 때
문을 열고 빼꼼히 내려다보던
희미한 저녁별 몇 마리도
꼬리지느러미를 달고 하늘을 헤엄치다가
운동장 어둠 속으로 첨벙, 뛰어내린다

단비

옛적에는 우리도 이름 없는 풀씨였으리
바람을 타고 산과 들에 뿌려져
오늘 같은 단비에 싹이 텄으리

옛적에는 우리도 단비로 내리고 싶었으리
시꺼멓게 드러누운 논둑이며
양지바른 언덕 어디에라도
연초록 삘기들을 키우고 싶었으리

가르친다는 것이 어쩌면
다디단 봄비 한 줄기로 이 땅에 떨어져서
메말라 굳은 땅심을 적시며
풀씨들을 어루만져 싹 틔우는 일일 것을

우리가 아니더라도 우리의 친구 누구라도
황사 뒤덮이는 땅 토종씨앗이란 씨앗
촉촉한 단비로 내려 보듬고 싶었으리

발자국

밤새 내렸나 보다
새벽 눈길 위에 나란히
발자국 두 쌍

뜨거운 사이였을 것이다
차가운 눈발로도
끝내 지우지 못한

나의 부끄러움

– 깃발은/ 바람에 부대낄수록 아름답다*

나의 부끄러움은
남북이 아니 동과 서가 아직도
서로 껴안지 못하는 우리의 모진 현대사 아니라
지리멸렬한 시대의 만성 체증 같은 것 아니라
스승의 날 아침 아이들 앞에 선
내 붉어지던 낯빛이지
나의 부끄러움은
아이들 이름 자꾸 잊어버리는 내 기억력 아니라
조용히 해! 하며 곧추세우려 했던 내 권위 아니라
그 권위 때문에 말라버린 내 눈물방울이지
아, 나의 부끄러움은
방학 중에도 월급을 받는 것 아니라
방학 끝내고 돌아갈 교실 혹은
가르칠 아이들이 있다는 안도감 같은 것 아니라
정말이지, 나의 부끄러움은
바람에 부대끼지 않고도

파도에 부대끼지 않고도

아름답게만 노래했던 나의 모국어지

어쭙잖은,

* 오인태의 시 「깃발은」에서 인용

저녁 여덟 시

– 야간 자율학습

지친 영혼과 육신의 안식을 위해
벌써 집으로 거슬러 올라야 할 때지만
좁은 바다에서 잠깐 자맥질 치다가
종이 울리자 다시 우르르,
교실로 오르는 강 어귀로 몰려들며
힘겹게 아가미 벌룽대는 은어떼들

흐릿한 조명 아래 오늘도
꼬리지느러미를 접어두고
적막한 운동장에 내리는 이슬처럼
늪 속 깊이 침잠하는 아이들

그러다가도 동틀 무렵
세상의 전신이 드러나면
고단한 등지느러미를 다시 곧추세워
은빛 행렬로 학교를 거슬러 오를
우리 아이들

벽(壁)

귀에 대고 부드럽게
말을 걸어보지만
온기 없는 그에게는
표정도 없다

견고한 콘크리트 옹벽으로
귀를 막고 언제나
완강하게 버티고 있다

혈기 충천!
해머로 두들기지만
두들길수록 견고해지는
그의 옹고집

자기만 옳다는 듯
그는 오늘도

속으로는 금이 간 채
곧게 서 있다

하늘에 별 하나를 더 보태며

– 단원고 2학년 9반 이보미

가수를 꿈꾸었으나
'보들이'로 이름 붙인 강아지 때문에
수의사로 바뀐, 보미 너의 꿈은
팽목항 노란 리본 나부끼던 바람 속으로
바람 속으로 날아갔구나

고민 많은 친구들 위로해주며
차곡차곡 쌓은 끈끈한 우정도
허공 속에 허망하게 흩어져버렸구나
전교 4등을 하면서도 아침공부를 위해
교문이 열리기 전에 등교하던
네 열정마저 날아갔구나
네 열망마저 날아갔구나

꿈을 향해 치열하게 퍼덕이던
너의 젖은 날개는

진도 팽목항도, 목포 유달산도 거치지 않고
곧바로 하늘로 날아올랐구나
장기자랑 준비하려 노래방에서 불렀던
네 좋아하는 노래의
애끊는 곡조로 날아올랐구나
그 노래는 네 노래가 되어 날아올랐구나

캘커타에서 빈자들을 안아주던 테레사처럼
버림받아 떠돌다가 헐벗은 채 세상 뜬
'보들이'같이 솜털 보드랍던 강아지들 안아주려고
보미야, 너는 꽃 피는 이 봄에
산수유꽃처럼 반짝이는 봄밤의 별이 되었구나

기쁨과 감사의 역설법

– 단원고 2학년 9반 이수진

아아, 님은 갔지마는 나는 님을 보내지 아니하였습니다
문학적 역설을 친구들은 만해의 시에서 배웠다지만
나는 엄마가 읽다 만 성경책에서 배웠습니다.
저를 높이는 자는 낮아질 것이고
저를 낮추는 자는 높아지리라
를 배웠습니다.
나중 된 자로서 먼저 되고 먼저 된 자로서 나중 되리라*
도 들었습니다
가족예배 때 부르던 찬송에는 늘 감사가 넘쳤고
사회복지사 엄마의 얼굴에는 늘 기쁨이 넘쳤습니다
아랫입술을 피가 나도록 깨물며
공포 속으로 내려앉던 그 순간이
아빠 엄마에게 어찌 기쁨이 되고
더 이상 다툴 일도, 응석 부릴 일도 없는 동생에게
나의 부재가 어찌 감사가 되겠습니까마는
치욕을 받으시고 영광을 받으신

죽임을 당하고도 영원히 살아계신
그분 삶의 역설처럼
꽃망울로 떨구어져 깊이 침잠했던 나
4월마다 솟아올라 눈부신 봄꽃으로 피어납니다
기쁨을 참지 못해 함박웃음으로 피어납니다
마지막 호흡 끊어져 잠든 적요 속에서
잠들었던 양심 몇 개 깨어납니다
깨어난 양심은 이내 봄 동산의 꽃불로 번지겠지요
그러니 감사합니다
이것이 나의 역설입니다

* 신약성경 「마태복음」 20장 6절

특별한 수학여행

– 단원고 2학년 9반 이한솔

나 '이한솔'의 수학여행은
내 꿈처럼 평범하지는 않지
사흘 만에 돌아온다며 떠났지만
세 해째가 되어도 돌아가지 않았지
아빠와 엄마, 동생 재형이까지도
나의 귀가를 고대하지만
친구들을 이 깊은 곳에 남겨두고
나만 돌아갈 수 없었지

주아야! 단비야! 소희야!
인천에서 배를 타고 출발하던 날 밤
세월호 갑판 위의 불꽃놀이를 보며
우리의 꿈도 밤하늘에 피어나는 불꽃처럼
아름답게 피어나기를 바라면서
우리는 가슴 벅차 환호했지
대학입시에서 해방되는 새해 첫날엔

정동진으로 일출 여행 함께 가자 약속했지

동생에게 만들어 주겠다던
맛난 빵과 바삭한 과자의 꿈이
차디찬 바닷물에 젖어 불어터져도
깁스 한 내 다리 더 이상 아프지 않아도
집으로는 나 돌아갈 수가 없지
선실에 물 차오르던 순간에 파열된
나의 성대가 온전히 회복되어도
아무도 구하러 오지 않던 선실에서
이내 벽이 되어버린 바닥을
하염없이 두드리던 내 손의 상처 다 아물어도
나 다시 돌아갈 수 없지

나 다시 돌아갈 수 없어서
아침마다 아빠가 나를 태워다 주던,

교문으로 이어진 그 등굣길에

차라리 봄꽃으로, 봄꽃으로 피어나지

꽃향기는 엄마 품에 안겨드는 내 살내음이지

아차! 바람에 떨구는 꽃잎 몇 장은

동생에게 주려던 내 선물이지

잠겨버린 꿈

– 단원고 2학년 9반 오경미

내 청춘과 함께, 나의 꿈
하염없이 물속에 잠겨버렸네

좋아하는 수학문제와 마주앉아
속삭이다가 잠시 엎드려 잠든 밤 같은
포근한 어둠은 아니었네
처절한 비명소리들 사이로
세찬 물줄기 쏟아져 들어올 때
내 머릿속은 온통 하얀
하얀 어둠뿐이었네
청각과 촉각마저 초월하는
그 무엇이 내 영혼을 급습했네

그 공포의 찰나에도 나는
열 손톱이 부서지는 안간힘으로 기대했네
악몽의 늪에서 곧 깨어날 거라고,

연극의 한 장면일 거라고…
무대 위 조명이 머리 위로 쏟아지듯
기울어진 선실 문으로 바닷물이
아, 바닷물이 온몸으로 쏟아져 내릴 때에도
누군가, 누군가는 꼭 올 거라고
기도하며, 기대하며, 나는 기다렸네

나의 청춘과 함께, 나의 꿈
칠흑 같은 선실 속에 나동그라졌지만
나는 아직 믿고 있네
깊은 맹골수도 급한 조류 밑에 가라앉아
퉁퉁 불어버린 내 꿈 건져 올리는 날 있어
내 걷던 길에서 나를 맞아주던 가로수에서
끝내 아름답게 꽃피우리라는 것을

부활절 단상(斷想)

먼 옛날
십자가에 못 박혀 죽으신 이
거짓말처럼 사흘 만에
다시 살아나셨다는데
해마다 꼭 이맘때 되면
선혈 낭자하게 꽃잎 떨군 나무들
온 몸 가지마다
연둣빛 잎새들
눈부시게 부활하시네
이천 년 전 그 때
수많은 이적(異蹟)을 행하며
진리의 몸으로 비유의 말씀으로
낮고 어두운 세상 비추던 이를
끝없이 의심하던 서기관과 제사장
그들 몸에 둘렀을 검은 천 같은
내 마음의 색안경을 벗으니

봄 햇살 아래 연둣빛으로 빛나는
우리 아이들

실버들의 노래

– 한만수 선생에게

실개천 옆 꼬불꼬불 길모퉁이에
머리카락 길게 늘어뜨리고
외롭게 서있는 나는 실버들

연초록 뽀얗게 물들이고
오늘은 하늘하늘 따뜻한 봄바람에
흠뻑 물오른 머리카락 말리고 있네

삭풍에 거칠어진 몸도 마음도
겨우내 얼음장 밑으로 흐르던
서늘한 물소리로 다스리고

고샅길 에움길마다 하릴없이
아지랑이 아른아른 피어오르는 날
부활의 초록꽃잎 무수히 터뜨려

가야 할 길 아직 먼
아이들에게는 더러 피리도 되고
나그네에게는 넉넉한 그늘이 되리

| 해설 |

눈물 호수를 향해 가는 시의 길

박일환(시인 · 작가)

1. 소년, 시인이 되다

여기 한 소년이 있다. 다른 소년과 별다를 바 없는 평범한 소년이다. 자라서 어떤 사람이 될지, 소년과 같이 놀던 친구나 그런 모습을 지켜보던 어른들 심지어 소년 자신도 모른다. 시간이 흐르는 만큼 소년의 키가 자라고 마음도 자라면서 차츰 어른이 되어 간다. 그렇게 어른이 되고 난 어느 날 자신의 소년 시절을 돌아보는 시간이 찾아온다.

여남은 살 때였지요
하늘에는 구름 한 점 없었지요

온 들판 목이 타던
그해 초여름 땡볕……
개울에는 물도 흐르지 않았지요
굽은 개울둑 안쪽 허술한 돌축대 밑은
물살에 패여 깊어졌지요
깊어졌어도 물은 무릎까지뿐
조금 큰 양푼으로 물을 펐지요
조금씩 개울바닥 드러났지요
축대 돌 틈에서 흙탕물 흘러나오고
메기 가족 네댓 마리도 흘러나와
모두 항복할 수밖에 없었지요
메기들 나신(裸身) 위에 사정없이 내리쬐던
그해 초여름 땡볕……
야윈 어미 메기와 손가락만 한 아기 메기들
한 놈도 놓치지 않았지요
여남은 살 때였지요
하늘에는 구름 한 점 없었지요
—「참회」 전문

수많은 영상이 스쳐갔을 것이다. 자신을 키워온 게 어찌 한두 가지 사건과 만남으로 한정될 수 있으랴. 즐거웠던 추

억, 슬펐던 기억, 아련한 풍경, 뜻밖의 이별……. 유독 가슴에 박히는 장면이 누구에겐들 없으랴. 그러다가 과거에 아무 생각 없이 행했고, 기억에서도 멀어졌던 일이 뜬금없이 찾아들기도 하는 법이다. 무심코 과거를 뒤적이던 중 별것도 아닌, 다른 이들에게는 그게 무슨 대수냐는 말을 들을 법한 사건 하나를 떠올리고 있는 사내가 있다. 나는 비로소 그 사내가 시인이 된 까닭을 알 것도 같다. 어린 소년이 '한 놈도 놓치지 않'고 포획한 '야윈 어미 메기와 손가락만 한 아기 메기들'의 가여운 운명에 대해서는 내가 논평할 처지가 못 된다. 하지만 그 장면을 돌이키며 '참회'라는 말을 떠올린 사내에 대해서는, 아울러 그 사내가 시인이 되어 써낸 시편들에 대해서는 몇 마디 말을 이어갈 수 있을 것 같다.

2. 철길을 따라가다

파주에서 자란 소년의 어린 시절을 지배한 심상 중 가장 강렬한 게 철길이었던 모양이다. 모든 소년은 자신이 태어난 좁은 땅을 떠나 멀고 넓은 세상으로 나아가고 싶어한다. 거기서 무엇이 자신을 기다리고 있을지 모르지만 미지(未知)의 세계란 언제나 가슴 뛰게 만드는 강렬한 파토스를 불러일으키는 법 아니던가. 철길을 따라 떠나기 전 소년은 철길에서 '강철 어깨'를 본다.

단단히 어깨 겯고
한 줄 또 한 줄
그 위로 육중한 쇠바퀴
굴러가고, 굴러가고
뒤이어 기적도 없이 달려올
열차를 위해
은빛 자국 늘 빛나고 있는
강철 어깨들이여
—「철길 1」 전문

당연한 말이지만 레일이 깔린 철로 없이 철길은 존재할 수 없다. 또한 철로가 놓였다 한들 그 위로 지나갈 열차가 없다면 무슨 소용이랴. 철길은 그러므로 '육중한 쇠바퀴'를 떠받치는 궤도의 힘이 전제되어야 한다. 그래서 무작정 어딘가로 가고 싶다는 낭만 이전에, '은빛 자국 늘 빛나고 있는/ 강철 어깨들'을 먼저 바라보는 시인의 눈이 특별하게 다가온다. 자칫 감상(感傷) 쪽으로 기울기 쉬운 태도를 벗어버린 곳에서 탄생한 한 편의 시가 이후 시인의 발걸음을 어떤 방향으로 이끌어갈지 짐작할 수 있게 해준다.

철길과 함께 자라난 소년은 그 철길을 통해 '김칫거리 열뭇단 한 짐 이어다/ 읍내 장에 내다 팔고' 오는 '시골 아낙네'(「철길 2-간이역」)를 통해 이웃의 고단한 삶을 만나고, 서서히 역사와 마주친다. 아침마다 철길 건널목에서 만나던 '육학년 때 고 계집애'는 '영태리 미군부대 옆에 살'았다. 미군부대가 우리 현대사 속에 어떤 모습으로 들어오게 됐으며 어떤 질곡으로 작용했는지에 대해서는 따로 설명할 필요가 없으리라. 시 안에 등장하는 소년의 불안한 눈빛과 '고 계집애 아직도 새말 건널목/ 불안하게 건너다니고 있었다' (「철길 6-새말 건널목」)라는 구절만으로도 현대사가 드리운 그늘의 한쪽 면을 충분히 헤아릴 수 있게 해준다. 이렇듯 마치 어릴 적 첫사랑을 이야기하듯 펼쳐놓은 시에서도 뼈아픈 역사의 흔적을 마주칠 수 있다.

드디어 어른이 된 시인은 월정리역에 가서 '싹둑 끊어져버린 경원선 철길'을 보며 '이 땅 오랜 허리 통증 다시 도지'(「철길 4-월정리역에서」)는 걸 느낀다. 그리고 교사가 되어 아이들과 함께 수학여행을 하며 서울역에서 기차를 타고 임진강 철교를 지나 장단역과 개성역을 거쳐 '멸악을 넘어 재령들로 미끌어지'(「철길 7-수학여행」)는 꿈을 꾼다. 철길이 지닌 역사적 상상력을 시로 형상화한 다른 시인들의 시편들 곁에 '단단히 어깨 겯고' 있는 허완 시인의 시편들을 놓아본다. 역사는 그렇게 함께 가는 길 속에서 두터워지는 법이다.

어지러운 세상 바로잡으려
눈보라 속에서도
절로 터지는 씨앗들 그러모아
의로운 텃밭 하나 도모하던 곳
의(義)는 이제 땅에 떨어져
일백 년 멸절(滅絶)의 땅 모퉁이에
초라한 빗돌 하나 숨어있다
좀처럼 바로잡히지 않는
에움길 같은 세상을 뚫고
초야에 묻힌 스승 하나를 좇듯
헤매어 숨 가쁘게 다다른 곳
생각보다 사뭇 적막하여라
노여운 것은 세월만이 아니구나
언덕배기 길섶 풍화된 돌에 새겨진
빛바랜 사발통문(沙鉢通文) 목숨 건 이름자에
내 어찌 범접이나 하랴마는
그래도 뭉개진 비문(碑文)을 어루더듬어

말없이 궁색한 손때만 묻히다

—「주신마을의 사발통문 — 갑오농민전쟁 전적지 답사 4」 전문

시인은 이제 갑오농민전쟁을 찾아 나선다. 지난 역사는 '뭉개진 비문(碑文)'처럼 상처로 얼룩져 있다. 그 상처 속에서 무엇을 보고 어떤 길을 찾아 나설 것인가. 질문하는 동안 '변한 것은 오직 하나/ 물세 대신 농특세'(「만석보에서—갑오농민전쟁 전적지 답사 3」)인 현실이 가로막는다. 어쩔 것인가. 다시 가슴은 답답해 오지만 '닥치는 대로 들이받아도 부릅뜬 내 분노의 외눈 쉽게 감기지 않는'(「태풍 2」) 현실을 인정하지 않을 도리가 없다. 지금은 '새 세상 꿈꾸'며 '귀신처럼 출몰하던 의적'(「고석정에서」)을 갈구하는 시대도 아님에랴.

피 끓던 젊은 시절

때 없이 북받쳐 오르면

호젓한 길섶에 핀 꽃 무더기 뭉개놓으며

뒷발질하던 코뿔소 내닫듯 내달아 보기도 하였지만

세상천지에 많고 많은 길들이 모두

신작로처럼 반듯하지는 않았다네

내 한평생 수도 없이
돌부리며 모서리를 걷어차기도 하였지만
이제는 아프게 걷어차이는 것도
조금 필요하다는 것을 알았다네
—「폐타이어의 노래」 부분

젊은 시절에 세상을 바꿔보고 싶다는 열망을 가져보지 않은 이 어디 있겠는가. 시인 또한 '한평생 수도 없이/ 돌부리며 모서리를 걷어차기'(「폐타이어의 노래」)도 했지만, 세상은 결코 호락호락하거나 만만하지 않은 법! 그 지점에서 시인은 자신을 돌아본다. 내가 정말 아파했는가! 내가 정말 아픔을 받아안는 자세를 취해본 적이 있었는가!

살 터지는 겨울 추위를
얼마나 견뎌 내야
새살 돋아 온몸
이파리 연둣빛 반짝이며
눈부신 꽃을 피우는가 저 나무는
—「저 나무」 부분

눈부신 꽃이 저절로 필 리 없다는 단순한 사실을 몸에 새

기는 일로부터 다시 시작할 수밖에 없다. 그럴 때 관념이 아닌 현실에 더 바짝 다가설 수 있다. 그런 각성의 힘은 이제 시인이 오래도록 삶의 터전으로 삼아온 학교와 아이들 곁으로 이끌어간다.

3. 밤하늘의 별이 된 아이들

'견고한 콘크리트 옹벽으로/ 귀를 막고 언제나/ 완강하게 버티고 있'(「벽(壁)」)는 자는 누구일까? 그건 학교 관리자일 수도 있고, 온기라는 걸 갖추지 못한 완고한 제도일 수도 있다. 그런 벽에다 소리를 지르고 해머로 쾅쾅 두들겨본들 메아리조차 돌아오지 않을 때가 많다. 그런 절망 속에서도 조그마한 틈이나마 벌려보기 위해 애를 쓰며 교단에 서는 건 끝내 포기할 수 없는 아이들이 있기 때문이다. '가르친다는 것이 어쩌면/ 다디단 봄비 한 줄기로 이 땅에 떨어져서/ 메말라 굳은 땅심을 적시며/ 풀씨들을 어루만져 싹 틔우는 일일 것을'(「단비」) 믿기 때문이기도 하다.

어둠의 수면 점점 높아지는 저녁
학교 운동장 모퉁이에서

농구 하는 아이들 분주하다
모여들다가 흩어지다가
튀는 공 따라 이리저리 몰려다닌다
어릴 적 봇도랑이며 물꼬에 몰려다니던
송사리 떼……
저희끼리 주고받는 투명한 눈빛과 신호로
재재바르게 어둠 속을 헤엄쳐 다닌다
도랑물 찰찰찰 흘러내리는 소리 속으로
더러 은빛 한 점 두 점
통통 튀어 오르기도 할 때
문을 열고 빼꼼히 내려다보던
희미한 저녁별 몇 마리도
꼬리지느러미를 달고 하늘을 헤엄치다가
운동장 어둠 속으로 첨벙, 뛰어내린다
–「송사리 떼」 전문

공은 튀어야 공이다. 튀지 않는 혹은 튀지 못하는 공은 더 이상 공이라 부를 수 없다. 그렇다면 아이들은 어떨까? 입시라는 제도에 갇혀 '흐릿한 조명 아래 오늘도/ 꼬리지느러미를 접어두고'(「저녁 여덟 시–야간 자율학습」) 교실 책상에 머리를 박아야 하는 아이들을 어떤 존재라고 불러주어야 할까?

저녁 무렵 운동장 모퉁이에서 아이들이 농구를 하고 있다. '튀는 공 따라 이리저리 몰려다니'는 아이들은 살아 꿈틀대는 생명체다. 어릴 적 '봇도랑이며 물꼬에'서 보았던, 자유롭게 유영하는 송사리 떼로 비유된 아이들의 모습에서 싱싱한 생명력을 떠올리는 건 자연스러운 일이다. 그래서 '희미한 저녁별 몇 마리도' 그 모습이 보기 좋아 '운동장 어둠 속으로 첨벙, 뛰어내린다'. 한 폭의 아름다운 풍경화다. 생동하는 기운은 언제나 그 모습을 지켜보는 다른 존재들의 기운까지 끌어들이게 마련이다.

하지만 이런 아름다운 정경은 오래 지속될 수 없다. 그 뒤켠에 숨어 있는 현실은 결코 만만치 않아서 농구장에서 튀는 공을 따라다니던 아이들은 다시 교실로 들어가서 야간 자율학습을 해야 할 수도 있고, 심야 학원으로 달려가야 할 수도 있다. 그게 경쟁사회에서 살아남는 방법이라고, 어쩔 수 없는 현실을 받아들이라고 다그치는 목소리가 사방에서 아이들의 목을 옥죈다.

그것도 모자라 심지어 생때같은 아이들을 한꺼번에 차가운 바닷속으로 밀어넣었던 게 대한민국의 참담한 현실이다. 대부분의 사람들은 평소에 잘 들어보지도 못했을 저 남쪽 바다 끝에 있는 팽목항이 참혹한 슬픔의 대명사로 사람들의 마음속에 자리잡았다. 그로부터 몇 년이 흘렀나? 그럼에도 여전히 현실의 차가운 벽이 단단하게 우리 앞을 가로막고 있다.

세월호 참사로 인해 가장 충격과 비탄에 빠진 사람들이 아마 교사들일 것이다. 분노와 자괴감 사이에서 무엇을 어찌해야 할 줄 모르던 교육문예창작회 소속 문인들이 매주 금요일마다 안산에 있는 4 · 16기억전시관에서 '금요일엔 함께하렴'이라는 행사를 했다. 숨져간 아이들 한 명 한 명을 시 속에 담아 호명하며 낭송하는 자리였다. 허완 시인도 그 자리에서 눈시울 붉히며 몇 명의 아이들 이름을 불러주었다.

가수를 꿈꾸었으나
'보들이'로 이름 붙인 강아지 때문에
수의사로 바뀐, 보미 너의 꿈은
팽목항 노란 리본 나부끼던 바람 속으로
바람 속으로 날아갔구나

고민 많은 친구들 위로해주며
차곡차곡 쌓은 끈끈한 우정도
허공 속에 허망하게 흩어져버렸구나

전교 4등을 하면서도 아침공부를 위해
교문이 열리기 전에 등교하던
네 열정마저 날아갔구나
네 열망마저 날아갔구나

꿈을 향해 치열하게 퍼덕이던
너의 젖은 날개는
진도 팽목항도, 목포 유달산도 거치지 않고
곧바로 하늘로 날아올랐구나
장기자랑 준비하려 노래방에서 불렀던
네 좋아하는 노래의
애끊는 곡조로 날아올랐구나
그 노래는 네 노래가 되어 날아올랐구나

캘커타에서 빈자들을 안아주던 테레사처럼
버림받아 떠돌다가 헐벗은 채 세상 뜬
'보들이'같이 솜털 보드랍던 강아지들 안아주려고
보미야, 너는 꽃 피는 이 봄에
산수유꽃처럼 반짝이는 봄밤의 별이 되었구나
–「하늘에 별 하나를 더 보태며–단원고 2학년 9반 이보미」 전문

'봄밤의 별이' 된 보미는 지금도 하늘에서 노래를 부르고 있을까? 노래 부르며 '팽목항 노란 리본 나부끼'는 걸 바라보고 있을까? '누군가, 누군가는 꼭 올 거라고/ 기도하며, 기대하며'(「잠겨버린 꿈–단원고 2학년 9반 오경미」) 기다렸을 아이들의 애타는 부름에 응답하지 못한 죄를 어찌 몇 편의 시로 대신할 수 있으랴. 하지만 그렇게라도 아이들 곁에 다가가려 했던 마음이 모여 작은 위로라도 되면 다행이겠다.

4. 가지와 잎새가 함께 하는 삶

시인의 업은 시를 낚는 것이다. 살아가는 동안 눈으로 들어오고 마음으로 받아안은 것들을 낚아채서 씨줄 날줄로 엮어 시라는 집 한 채를 짓는 것이다. 시인은 '저 혼자 서러워서/ 흐르는 내면 깊숙이/ 또 다른 여울을 만들고 있는/ 가을 강가'(「가을 강」)를 지나 '처음 듣는 새 울음소리에 헛발딛다가/ 꺾어 든 시마저 돌려주고 넘는 고갯길'(「황둔 가는 길」)에 서 있다. 고갯길에 올라서면 올라온 길과 내려갈 길이 동시에 보인다. 애써 올라온 길을 돌아보며 무엇을 위해

땀 흘렸던가 생각해 보던 시인은 '꺾어 든 시'를 돌려준다. 시를 탐하는 욕망마저 버리는 자리에서 진짜 시가 태어나는 법이니, 이제 시인은 다시 사람이 사는 마을을 향해 발걸음을 옮긴다.

사람이 사는 마을에서 시인은 '맏딸 시집보낸 날 저녁보다 더했을/ 농투사니의 쓸쓸함'(「쌀자루를 옮기며」)을 만나고, '갈퀴 같은 손으로 바지락 캐는/ 늙은 아낙들'(「자월도 한리포–김영언에게」)을 만난다. 또한 '높은 담벼락 밑에서부터/겁 없이 기어오르는'(「담쟁이」) 담쟁이를 만나고, '가야 할 길 아직 먼/ 아이들에게는 더러 피리도 되고/ 나그네에게는 넉넉한 그늘이 되'(「실버들의 노래–한만수 선생에게」)고자 하는 동료를 만나기도 한다.

사람은 혼자서는 살 수 없다는 얘기는 진부하기 짝이 없지만 그럼에도 그런 진부함 속에서 부대끼고 어울리며 살아가야 하는 존재가 사람이기도 하다. 그런 자세를 잘 그려낸 시 한 편을 읽어본다.

실바람에 흔들리는
푸르른 잎새 없이
나무의 자태
저리 아름다울 수 있으랴

가냘픈 제 한 몸 맡길
나무의 잔가지 없이
잎새의 살결
저리 눈부실 수 있으랴

가지와 잎새 한 몸을 이뤄
햇발 쏟아지는 한낮
쓰르라미 울음소리 업고 있구나
새들의 칭얼거림 품고 있구나

실바람 일으키는 잎새 없이
잎새 매달린 잔가지 없이
한 폭의 풍경
저리 넉넉할 수 있으랴
—「동반(同伴)」 전문

나무가 나무일 수 있는 건 잎새와 가지가 있기 때문이다. 가지만 있어도 안 되고 잎새만 있어도 안 된다. 거기다 '쓰르라미 울음소리'와 '새들의 칭얼거림'까지 얹히면 나무의 넉넉한 삶이 완성된다. 그렇게 함께 가는 것이다. '이 나라 땅 방방곡곡에/ 끝 모를 욕망의 덩굴손/ 뻗'(「나팔꽃」)쳐 있을지라도, '무수한 폭양(暴陽)의 화살 견디며/ 혼신의 힘으로 빚어낸 결정(結晶) 몇 개'(「저 나무」)를 생각하며 서로 어울려 '한 폭의 풍경'을 이루며 가는 것이다. 그 길 끝에 하느님이 '바닷물 몇 방울씩 찍어내시어' 만든 작고 고요한 눈물 호수가 기다리고 있을지도 모를 일이다.

맑은 물로
육신의 때 벗겨내고도
어지러운 내 마음 속
남은 티끌들
털어내며 헹구어낼 것
너무 많아서
오대양을 예비해 두신
당신은
그 바닷물
몇 방울씩 찍어내시어
내 영혼 맑게 씻긴
그 자리에
호수 하나를 덤으로
만들어 주시다

—「눈물」 전문